PROTESTATION

DE

M. DE MONTBEL,

EX-MINISTRE DU ROI DE FRANCE,

CONTRE LA PROCEDURE

INSTRUITE ET SUIVIE CONTRE LUI DEVANT LES PAIRS,

CONVOQUÉS EN COUR DE JUSTICE,

ET EXPOSÉ DE SA CONDUITE

PENDANT ET AVANT LES ÉVÈNEMENS DE JUILLET 1830.

PARIS.

G.-A. DENTU, IMPRIMEUR-LIBRAIRE,

RUE DU COLOMBIER, Nº 21,

et Palais-Royal, galerie d'Orléans, nº 13.

1831.

PROTESTATION

DE M. DE MONTBEL,

EX-MINISTRE DU ROI DE FRANCE.

PARIS. — IMPRIMERIE DE G.-A. DENTU,
rue du Colombier, n° 21.

PROTESTATION

DE

M. DE MONTBEL,

EX-MINISTRE DU ROI DE FRANCE,

CONTRE LA PROCEDURE

INSTRUITE ET SUIVIE CONTRE LUI DEVANT LES PAIRS,

CONVOQUÉS EN COUR DE JUSTICE,

ET EXPOSÉ DE SA CONDUITE

PENDANT ET AVANT LES ÉVÈNEMENS DE JUILLET 1830.

PARIS.

G.-A. DENTU, IMPRIMEUR-LIBRAIRE,

RUE DU COLOMBIER, N° 21,

et Palais-Royal, galerie d'Orléans, n° 13.

1831.

AUX HABITANS DE TOULOUSE

MES CHERS CONCITOYENS ,

Ce n'est pas sans une vive émotion qu'en m'adressant
à vous je me rappelle l'époque peu éloignée où je n'avais
à vous entretenir que de vos intérêts. Aujourd'hui, c'est
sur ma cause que j'appelle votre attention ; c'est à vous
surtout que je soumets l'exposé de ma conduite, parce
qu'il m'importe surtout de conserver l'estime de ceux
qui me sont le plus chers.

Quand je pus être utile à quelqu'un d'entre vous ,
vous le savez, je n'examinai pas quelles étaient ses opinions ; je n'écoutai que mon cœur. A quelqu'opinion
qu'il puisse appartenir, aucun de vous ne me blâmera,
j'en suis sûr, de soutenir mes principes avec constance,
de défendre mes actes avec fermeté , de subir mes revers sans faiblesse. C'est ainsi seulement que je puis,
vous prouver que je n'étais pas indigne de l'affection

dont vous m'entouriez, alors que je dirigeais l'administration de notre illustre cité ; c'est ainsi seulement que je puis justifier à vos yeux les suffrages dont deux fois vous avez daigné m'honorer.

Il y a peu de mois, je crus toucher à la terre natale ; c'était le port où tendaient tous mes vœux ; aujourd'hui, jouet des tempêtes, j'ignore si la Providence m'accordera de terminer mes jours parmi vous. A cette pensée l'exil me fait sentir toute sa pesanteur.... Jamais je n'en acheterai le terme par une bassesse !

Vous qui fûtes les amis de ma jeunesse, les guides et les compagnons de mes travaux ! vous dont l'approbation encouragea ma carrière ! vous tous qui serez les constans objets de mon profond attachement ! recevez mes adieux !... Puissent-ils ne pas être éternels !... Quel que soit mon sort, mon cœur et mes pensées vivront au milieu de vous ; mes vœux seront pour votre prospérité ; votre prospérité me tiendra lieu de la mienne ! Si dans ce jour j'invoque les souvenirs de votre ancienne affection, c'est que je me sens toujours digne de votre estime.... Puissiez-vous, en vous rappelant le prix qu'autrefois vous attachiez aux services qu'avec vous j'eus le bonheur de rendre à notre pays, reporter sur les miens la bienveillance dont si long-temps vous m'avez honoré ! Je mets ma famille sous votre protection.

L'ancien maire de Toulouse, député de la Haute-Garonne,

MONTBEL.

A SA SEIGNEURIE

LE BARON PASQUIER,

PAIR DE FRANCE.

Monsieur le baron,

Instruit par les journaux que je suis assigné devant les pairs actuellement convoqués en Cour de justice, en votre qualité de président de cette assemblée, j'ai l'honneur de vous adresser ci-jointe une protestation formelle contre tout jugement qui pourrait intervenir par suite de la procédure illégale dirigée contre moi. Cette protestation, je l'adresse aux pairs de France, et je demande expressément qu'elle leur soit soumise. Si tout Français doit pouvoir librement publier ses opinions, c'est surtout alors qu'il s'agit pour lui de défendre tous ses intérêts menacés. On ne me déniera pas sans

1

doute la faculté de faire entendre hautement la vérité dans ma propre cause, et de déclarer à ceux qu'on a chargés de prononcer sur mon sort, que je ne leur reconnais pas le droit de me juger.

Je demande que ma protestation soit consignée au procès-verbal.

J'ai l'honneur d'être, Monsieur le baron,

DE VOTRE SEIGNEURIE,

Le très-humble et obéissant serviteur,

L'ex-ministre du roi de France,

M ONTBEL.

PROTESTATION.

Si je me reconnaissais justiciable des pairs actuellement assemblés, je me serais rendu à leurs premières sommations. S'il se fût agi de sauver par ma responsabilité le principe de l'inviolabilité royale, si souvent invoqué par ceux-là mêmes qui l'ont si complètement méconnu, je n'aurais pas hésité à remplir un honorable devoir : alors, j'eusse obéi avec empressement à la loi qui garantissait la stabilité de la monarchie, la durée de ces institutions, qu'au péril de ma vie, j'ai voulu défendre contre ceux qui se vantent de les avoir détruites aux cris de *vive la Charte !* contre ceux qui revendiquent l'étrange gloire d'avoir, pendant quinze ans, travaillé sans relâche, et par tous les moyens, à renverser de son trône un Roi à qui ils venaient librement prêter de solennels sermens de fidélité. Je n'ai pu être cité en vertu d'une Charte qu'on a déchirée, pour la garantie d'une inviolabilité qu'on a violée ; dès lors j'ai dû me soustraire à d'inutiles persécutions, à des poursuites sans objet. Je ne saurais d'ailleurs reconnaître une Cour de justice dans l'arbitraire réunion d'une partie seulement de mes juges naturels, bien moins encore dans. . . . . Mon silence absolu eût été sans doute une protestation suffisante ; mais mon silence pourrait être attribué au flétrissant espoir d'une indulgence que je ne réclame pas : on pourrait le prendre pour un lâche assentiment à quelque excuse contraire à mon honneur comme à la vérité.

La vérité, je la dirai avec franchise, parce qu'il faut qu'elle soit connue ; parce que j'ai le devoir de la dire ; parce que j'en ai le droit, en ce qui me concerne, alors qu'elle ne peut plus compromettre que mes seuls intérêts.

Je n'ai pas recherché le ministère. A l'époque du 8 août, je me trouvais, depuis un mois, rendu à de modestes fonctions administratives, à deux cents lieues du foyer de toutes les ambi-

tions et de toutes les intrigues. Au 19 mai, lors
de la recomposition du conseil, je cessai d'en
faire partie, et, pendant trois jours, je résistai
à toutes les instances qui me furent faites pour
y rentrer. Le Roi crut devoir réclamer directement ma coopération, en prenant l'engagement
de consentir à ma retraite à une époque rappro-
chée. J'obéis à ses ordres formels, avec une af-
fliction profonde. Je ne conserverai pas moins
une éternelle gratitude de cette preuve honorable de la confiance et de l'estime de Charles X ;
les revers qui l'ont frappé me rendent plus sa-
crés encore et les sermens que je prêtai dans ses
mains, et les devoirs que m'impose l'opinion
qu'il eut de mon dévouement. Si je présente ces
faits qui me sont entièrement personnels, ce
n'est pas pour y chercher une excuse; mais il
importe à mon honneur de démontrer que ma
conduite eut un principe plus noble que les cal-
culs d'un orgueil aveugle et d'une misérable ambition.

Cependant un danger pressant vint menacer
le trône. Partout on organisait le refus des im-
pôts; partout on employait les moyens les plus
actifs de troubler les populations. Ces incendies,
dont on n'a pas rougi d'accuser le ministère, le

ministère était convaincu qu'ils étaient l'œuvre coupable des partis, à qui seuls pouvait être utile l'agitation qu'ils provoquaient. Des révélations fréquentes arrivaient de toutes parts; de sinistres avertissemens se succédaient sans relâche. Que le pair de France dont le nom a retenti dans le procès de mes infortunés collègues, interroge ses souvenirs; qu'il se rappelle les funestes indications que lui-même m'a plusieurs fois données : elles ne se sont pas effacées de ma mémoire!.. Une conspiration flagrante était signalée : comment la nierait-on aujourd'hui, après que ses organes ont si long-temps provoqué le renversement de la dynastie; alors qu'ils célèbrent la révolution comme le résultat de leurs constans efforts; alors que les conjurés triomphans décernent de publics honneurs à ceux des conjurés qui, moins heureux, succombèrent frappés par les tribunaux et par la Chambre des pairs elle-même? Convaincu de la gravité des circonstances, le Roi avait de grands devoirs à remplir; il fallait qu'il défendît sa couronne, les institutions, le bonheur et la sécurité de la France, contre ceux qu'une ambition sans principes et des ressentimens sans mesure rendirent les ennemis acharnés du pouvoir, sous tous les ministres et sous tous les systèmes, sans aucune exception : en vain eût-il essayé une recomposition de ministère, un changement complet de système. De récentes épreuves avaient assez démontré que chaque concession nouvelle, au lieu de calmer les exigences, n'avait pour résultat que de les redoubler ; qu'on était loin d'assouvir l'opposition, en lui jetant les lambeaux de l'autorité royale. Et quelles concessions, en effet, pouvaient calmer désormais ces factions qui poursuivent aujourd'hui d'une haine implacable des ministres que naguères elles reconnaissaient pour leurs chefs ; ces factions que n'ont pu satisfaire ni la chute du trône légitime, ni la destruction de la Charte de 1814 !.. Il ne restait au Roi que deux partis à prendre : ou manquer à sa haute position et à ses sermens, en déposant la couronne et en livrant son pays aux horreurs de l'anarchie ; ou protéger la France contre les malheurs d'une révolution menaçante, par des mesures que la lettre, que l'esprit de la Charte, que l'impérieuse loi de la nécessité lui donnaient le droit, lui faisaient un devoir de prendre sans tarder. Dans un tel danger, les ministres pouvaient-ils songer à dérober leur tête aux orages qui grondaient sur la monarchie ?...

Je rendis au Roi la parole qu'il m'avait donnée de consentir à ma retraite, et je m'engageai volontairement à rester dans mes fonctions, tant qu'il y aurait péril à les conserver.

C'est alors qu'on traita dans le conseil de la nécessité de remédier promptement aux maux inconcevables qu'enfantait la presse périodique. Egarée par la licence, l'opinion se montrait de plus en plus hostile au gouvernement. Chaque jour de nouvelles calomnies venaient déconsidérer l'administration, et rendaient son action impossible; chaque jour la morale publique était insultée, la religion outragée, la vérité foulée aux pieds, la gloire même poursuivie des sarcasmes et des imprécations de la haine. Qu'on se rappelle, en effet, les révélations criminelles qui précédèrent la campagne d'Alger, les vœux sinistres qui accompagnèrent nos soldats dans cette expédition, les cris d'indignation qui saluèrent une conquête dont les résultats assuraient à nos caisses publiques de riches trésors; au commerce, d'utiles débouchés; à nos armées, une illustration nouvelle; à la France, un vaste territoire, et l'inappréciable honneur d'avoir vengé la civilisation européenne, en la délivrant à jamais des longs outrages de la barbarie. Pour moi, j'étais, et je reste convaincu que la liberté des journaux n'est autre chose que la licence, qu'elle ne peut exister qu'au profit de l'anarchie ; et qu'en présence de ces honteuses spéculations de la calomnie et du désordre, il n'y a pas une seule forme de gouvernement praticable en France. C'est par suite de cette conviction que j'ai conseillé au Roi d'user de l'article 14 de la Charte, pour arrêter les ravages de cet épouvantable fléau.

Quant au système proposé d'élection, il ne satisfaisait pas mes idées ; je le combattis ; toutefois, je crus devoir plus tard accéder à l'avis de la majorité du conseil, et j'adhérai à l'ordonnance électorale en la signant. Du reste, loin d'être contraire à la Charte, elle en rétablissait plusieurs articles abrogés par des lois contre lesquelles l'opposition n'avait cessé de protester, en les qualifiant d'inconstitutionnelles.

C'est donc avec connaissance de cause, avec liberté, et non par condescendance pour la volonté du Roi, que je lui ai donné le conseil d'avoir recours à des mesures extraordinaires, dont à mes yeux le droit n'était pas moins évident que la nécessité.

Je déplore que l'absence des précautions exigées par un tel état de choses ait facilité une lutte qui devait avoir de si funestes résultats. Ces précautions ne dépendaient pas de moi. Je ne pouvais que les réclamer avec instance. A cet égard, je n'ai pas négligé mes devoirs. Il fut déclaré, devant nous et devant le Roi, que toutes les mesures militaires étaient prises; que la garde royale, que de nombreuses troupes étaient disposées pour prévenir toute révolte. Je ne sais quelle funeste erreur donna lieu à des assertions si éloignées de la vérité; elles nous inspirèrent la confiance que toutes les tentatives de désordre seraient, sinon entièrement prévenues, du moins facilement réprimées.

Les ordonnances étaient convenues depuis plusieurs jours. Leur publication n'était suspendue que par le retard des opérations électorales de quelques départemens. Elles furent présentées au Roi, ainsi que le rapport qui en développait les motifs, dans le conseil du 20 juillet; le même jour fut arrêtée l'ordonnance qui donnait le commandement supérieur de la première division militaire au maréchal duc de Raguse, alors de service comme major-général de la garde royale. Ces actes ne furent signés qu'au conseil suivant, le dimanche 25 juillet. On convint d'avertir le jour même le maréchal et le préfet de police. Le garde des sceaux fut chargé de faire appeler près de lui, dans la nuit, le directeur de l'imprimerie royale, et le gérant du *Moniteur*, pour que les ordonnances fussent publiées le lendemain, dans le *Bulletin des lois* et dans le *journal officiel*. J'étais auprès de mon collègue, que j'assistais dans ses travaux, lorsqu'il remit l'expédition de ces divers actes à MM. Sauvo et de Villebois.

Le 26 au soir, se manifestèrent les premiers symptômes d'une insurrection dès long-temps préparée. Nous nous réunîmes chez le garde des sceaux, pour y conférer de l'état des choses, et des mesures qui pouvaient devenir nécessaires. Tandis que nous étions rassemblés, des cris tumultueux se firent entendre. On vint m'annoncer que l'hôtel des finances était assailli. Je me hâtai de m'y transporter; et pour y parvenir, je fus forcé de traverser les groupes nombreux qui l'entouraient.

Le lendemain dès le matin, l'hôtel des affaires étrangères était menacé. Je m'y rendis, dans l'intention de prendre part à toutes les délibérations qu'exigeaient les circonstances. Des ordres furent délibérés, dirigés et transmis à l'autorité compétente, pour qu'elle eût à poursuivre et à faire arrêter sans délai les journalistes signataires d'une provocation à la révolte. Les rapports annonçaient que le désordre s'accroissait à chaque instant; que l'autorité administrative ne pouvait plus se faire entendre; que la gendarmerie devenait insuffisante pour contenir la multitude; qu'on élevait des barricades; que les troupes étaient assaillies; qu'on faisait feu sur elles; qu'on avait forcé les magasins de quelques armuriers. La gravité de ces faits nous fit proposer au Roi de mettre Paris en état de siége, pensant que, dans un tel désordre, l'autorité militaire était désormais la seule qui pût arrêter la sédition. Vers onze heures du soir, le maréchal nous fit annoncer que la tranquillité était rétablie; que les troupes rentraient dans leurs quartiers; que le rapport des évènemens était transmis au Roi, et qu'il faisait ses dispositions pour le lendemain.

Dès le commencement de la journée du 28, nous apprîmes qu'une multitude furieuse détruisait les emblèmes de la royauté, en faisant retentir les cris les plus sinistres. Nous pensâmes que dès lors la place du ministère était aux Tuileries : qu'il devait y rester en permanence auprès du quartier-général du duc de Raguse. En conséquence, le Roi fut prévenu que l'état des choses exigeant notre présence à Paris, nous n'irions pas à Saint-Cloud pour le conseil, qui devait avoir lieu ce jour-là, suivant l'usage. Nous nous rendîmes ensemble de l'hôtel des affaires étrangères aux Tuileries, pour y remplir nos devoirs, et non pour y chercher un asile. Ce n'est pas la crainte qui m'avait fait quitter une demeure que ma famille continua d'habiter pendant cette journée.

J'appris du maréchal la faiblesse des moyens militaires dont il pouvait disposer, le caractère dangereux que prenait l'insurrection, les appréhensions que lui inspirait l'attitude plus que douteuse de la troupe de ligne. Il nous déclara qu'une prompte démonstration lui paraissait le seul moyen de faire cesser les troubles et de prévenir les plus grands malheurs. En conséquence, il commanda devant nous aux généraux de service de dissiper les attroupemens, de détruire les barricades, de repousser la force par la force, mais de ne faire usage de leurs armes qu'après avoir essuyé plusieurs décharges. Des ordres avaient été expédiés dès la veille pour faire arriver sans retard les régimens qui se trouvaient

dans les départemens voisins. Les colonnes commencèrent leurs mouvemens vers midi. Bientôt
divers rapports se succédèrent. On saisissait sur
les individus arrêtés d'irrécusables preuves d'un
complot, des cartes d'association révolution-
naire qui indiquaient une vaste organisation
et désignaient des points de ralliement ; des ordres du jour imprimés, où étaient commandées
avec précision les différentes manœuvres nécessaires pour engager les troupes, les entourer de
barricades, les assaillir ensuite sans risque, en
faisant feu sur elles de toutes les ouvertures des
maisons. Ces ordres ne négligeaient aucun détail
d'exécution; ils prouvaient l'existence d'un plan
médité d'avance, et l'expérience militaire de ceux
qui l'avaient rédigé. On nous signala quelques
personnes comme excitant les masses et les pro-
voquant à la sédition ; ces personnes apparte-
naient pour la plupart aux sociétés qui se glori-
fient d'avoir travaillé sans relâche au renversement du trône légitime. Le ministère (1) décida

(1) On doit se rappeler qu'il a été établi aux débats
que M. de Peyronnet ne s'est réuni à ses collègues,
dans la journée du 28, que vers les cinq heures de l'a-
près-midi. (*Note de l'éditeur.*)

de les faire arrêter. Tel fut mon avis. On ne peut donc imputer au duc de Raguse l'ordre d'arrestation. C'est à notre réquisition qu'il le signa; c'est devant nous qu'il le remit au colonel de la gendarmerie... Je déclare que je n'ai pris part à aucune délibération pour révoquer cet ordre.

Cependant le bruit des armes retentissait de toutes parts. J'éprouvais une profonde douleur à la pensée de cette lutte sanglante entre des soldats fidèles à leur drapeau, et des ouvriers égarés que leurs chefs avaient inhumainement précipités dans tous les périls de la sédition, en leur arrachant tout à coup le pain du travail, pour leur jeter la solde de la révolte. Mais ma conviction intime était que désormais le Roi ne pouvait plus reculer : que toute transaction était la perte du trône et le signal de tous les fléaux pour la France. J'appris vers le soir que quelques citoyens s'étaient présentés au maréchal, pour lui proposer des conditions. Je suis persuadé que ces propositions ne pouvaient avoir aucun résultat favorable. Si ceux qui les firent crurent de bonne foi à leur utilité pour la France, les évènemens postérieurs leur apprennent chaque jour qu'il est plus facile d'exciter les fureurs populaires que de les maîtriser.

Plusieurs positions essentielles étaient per-
dues, la manutention des vivres militaires était
enlevée; j'engageai le maréchal à s'assurer des
subsistances, en faisant acheter sans retard le
pain, les farines, les viandes qui pouvaient se
trouver à Saint-Cloud et dans les environs. Le
maréchal donna des ordres en conséquence.
Mais, à cause de la situation des troupes, sans
aucune nourriture après une si cruelle journée,
il nous proposa de payer aux soldats une in-
demnité que le Roi leur accordait, afin qu'ils
pussent se procurer eux-mêmes sans retard les
ressources les plus urgentes. Les ministres ap-
prouvèrent cette demande; et vu l'impossibilité
où se trouvait le ministre de la guerre de com-
muniquer avec ses bureaux, alors envahis, je
consentis à rédiger un mandat sur le trésor, avec
la réserve que le tout serait régularisé le plus tôt
possible, par le seul ordonnateur des dépenses
de la guerre. Si plus tard je n'ai pas réclamé
cette régularisation, chacun peut apprécier les
sentimens qui me défendaient d'occuper la pensée de cet infortuné monarque d'une circonstance qui n'intéressait que ma responsabilité
personnelle.

Le maréchal nous exposa la nécessité où il se

trouvait de substituer désormais à un système
d'attaque, qui ne pourrait réussir qu'en incen-
diant Paris, un système de défense qui donne-
rait aux troupes les mêmes avantages que la po-
pulation avait eus contre elle pendant cette journée. « Je pourrai tenir pendant trente jours,
nous dit-il, dans les positions que j'occuperai;
nous aurons le temps de réunir des forces suf-
fisantes, et je vais prendre sans retard toutes les
dispositions nécessaires pour la défense. » Des
ordres furent expédiés en effet pour conduire
sur-le-champ à Paris l'artillerie de Vincennes,
pour faire arriver à marches forcées les troupes
des camps de Lunéville et de Saint-Omer. Le
Roi reçut les rapports sur les évènemens, et il
nous ordonna de nous rendre le lendemain à
Saint-Cloud pour le conseil.

Dès le matin du 29, les troupes étaient atta-
quées dans leurs lignes. MM. de Sémonville et
d'Argout se présentèrent au maréchal et au président du conseil. Ils pressèrent les ministres de
proposer au Roi de céder. Céder, c'était abdi-
quer; et certes ma pensée n'était pas que le
Roi dût renoncer à ses droits devant une émeute,
ni qu'il dût déposer sa couronne, alors que ses
troupes la défendaient vaillamment. M. de Sé-

monville s'adressa directement à moi; il me peignit avec vivacité des malheurs que je déplorais comme lui, et dont sans doute autant que lui j'abhorrais le principe. Il me parla des dangers que nous appelions sur notre tête. « *Monsieur de Sémonville, lui répondis-je, je remplis avec conviction de pénibles devoirs dans un poste que je n'ai pas ambitionné, mais que certainement aujourd'hui je ne déserterai pas. Quant à ce qui me concerne personnellement, je suis sans crainte, c'est vous dire que je ne commettrai pas une lâcheté.* » Au reste, ces deux pairs ne furent pas les seules personnes qui pressèrent le maréchal de transiger avec l'insurrection; parmi celles qui les secondèrent avec le plus de zèle, j'en connais qui, quatre jours auparavant, démontraient aux ministres qu'il était aussi indispensable de recourir à un coup d'Etat, qu'il était facile de l'exécuter. Outre ces communications avec le quartier-général, il y en eut de plus circonspectes : diverses lettres furent adressées au duc de Raguse, une entre autres par le premier président *Séguier*.

Nous dûmes partir pour Saint-Cloud à l'heure indiquée, pour nous rendre à la convocation du Roi, et non, comme on l'a prétendu, par suite dés communications du grand référendaire; bien moins encore pour nous soustraire à une arrestation. On croira sans peine qu'un tel projet ne nous avait pas été communiqué. Et dans tous les cas, qui de nous aurait le droit de douter que le duc de Raguse n'ait senti une profonde indignation qu'on osât outrager sa loyauté, au point de venir lui proposer de répondre à la confiance du Roi en livrant ses ministres? Avant notre départ, le maréchal écrivit au Roi, et nous déclara que, dans l'état des choses, il ne pouvait plus répondre de tenir dans ses lignes au-delà de quatre jours. Dès notre arrivée à Saint-Cloud, le Roi entendit nos rapports, lut la lettre du duc de Raguse ; et s'occupant avec fermeté des moyens d'organiser la défense et d'arrêter la sédition, il nomma M. le Dauphin généralissime des troupes. Ce prince se disposa sur le champ à se rendre à Paris : je devais l'y suivre, pour être à portée de donner les ordres relatifs au service des finances. Dans cet instant même un officier d'état-major vint apporter la nouvelle qu'immédiatement après notre départ, la troupe de ligne s'était jointe au peuple; que le Louvre, les Tuileries étaient abandonnés; que la garde royale était en pleine retraite, avec le maréchal;

qui lui-même avait couru risque d'être tué. M. le Dauphin partit promptement pour aller au-devant des troupes. Le grand référendaire fut alors introduit auprès du Roi, avec MM. d'Argout et de Vitrolles; ils venaient, disaient-ils, se proposer pour négociateurs d'un traité. Le rapport de la commission municipale a pris soin d'expliquer dans quel but cette négociation fut traînée en longueur... On voulut se donner le temps de déterminer la défection des troupes restées fidèles. Le conseil fut immédiatement convoqué. Les ministres, pour la plupart, se préoccupèrent trop de l'espérance qu'en appelant sur leur tête toute la responsabilité des évènemens, ils pourraient sauver encore l'inviolabilité royale. Les résultats de cette délibération sont connus. Ce qui ne l'est pas, ce qui mérite de l'être, ce que les circonstances me donnent le droit de publier, ce sont les paroles sublimes de M. le Dauphin : « *Ce n'est pas un avis que je donne,* dit-il, *c'est ma conviction, c'est mon sentiment intime que je fais entendre. Je suis loin de penser que nous ne trouvions pas de nombreuses ressources en France contre la sédition de Paris; mais s'il était vrai que nous fussions entièrement abandonnés, si ce jour doit être le dernier de notre dynastie, subissons notre destinée avec gloire ; périssons les armes à la main.* » Et ce prince, qui avait manifesté le désir d'éviter les ordonnances, qui eût voulu qu'on cherchât encore s'il ne restait pas quelque moyen de conjurer l'orage ; ce prince, au milieu de sa grande infortune, ne proféra pas une plainte, ne nous fit pas entendre un mot qui ressemblât à un reproche. Plus tard, pendant la retraite, resté presque seul au milieu d'une foule furieuse et armée, il prouva qu'il n'avait rien perdu de ce courage inflexible qu'il montra sur le champ de bataille et dans les fers de Napoléon. Ses nobles sentimens étaient dignes d'une meilleure destinée.

Ce qu'on eût dû prévoir arriva. Loin d'être utiles à la cause royale, les négociations déterminèrent sa perte. L'inaction amena le découragement. En contact avec le peuple, entourés des séductions les plus actives, les soldats commencèrent à déserter en grand nombre. Le Roi quitta Saint-Cloud, et se rendit successivement à Trianon et à Rambouillet. Je le suivis, en m'efforçant de faire tout ce qui dépendait de moi pour la défense d'une cause dont je ne désespérais pas, regrettant de ne pouvoir lui être plus utile. J'expédiai plusieurs ordonnances pour concentrer des fonds au quartier-général. Le dimanche 1er août, je rédigeai des proclamations par ordre du Roi, et je les portai à sa signature. Mais l'annonce de défections inattendues, des nouvelles, exagérées sans doute par la crainte et la malveillance, vinrent alarmer l'infortuné monarque sur la sûreté de sa famille, sur l'existence de ce jeune Prince, que la France se plaisait naguères à regarder comme l'espoir de son avenir. Pour détourner de tels malheurs, le Roi avait pensé qu'une haute marque de confiance serait un appel entendu par le premier Prince de son sang ; et s'adressant à ses souvenirs, il le nomma lieutenant-général du royaume. En conséquence, au lieu de signer la proclamation que je lui apportais, il m'ordonna de faire sur le champ une expédition de l'écrit qu'il avait rédigé lui-même, et dont il voulait garder la minute. J'obéis... Dès lors mes services cessaient d'être utiles au Roi. Ainsi que moi, un de mes collègues se trouvait encore auprès de lui. Nous lui déclarâmes que nous ne l'abandonnerions pas, si telle était sa volonté, en lui faisant observer toutefois que, dans l'état d'irritation des esprits, notre présence pourrait être nuisible à la famille royale, et qu'il était préférable que nous allassions subir

Join de lui les chances de notre mauvaise fortune. En se séparant de nous, le Roi et M. le Dauphin nous donnèrent les plus touchantes marques de leur bienveillance. Nous partîmes de nuit. Je me rendis directement à Paris; il m'importait peu de tomber aux mains de ceux qui m'avaient proscrit... Deux jours après je traversai la France, dans une voiture publique, me confiant sans crainte à ce qu'il plairait à la Providence de prononcer sur mon sort.

Je suis entré dans ces détails, parce qu'alors qu'il peut m'être nuisible, l'hommage que je rends à la vérité est plus pur et plus digne de la confiance des gens de bien; parce que je ne saurais vouloir d'une indulgence que l'erreur croirait accorder à la faiblesse ou au repentir. J'ai agi conséquemment à des principes dont je ne me suis jamais écarté. Si je ne les ai pas oubliés dant une meilleure fortune, je ne les renierai pas dans l'adversité; les revers d'une cause ne changent rien à sa justice. Ce que j'ai fait, j'ai cru le devoir faire; j'aurais des remords de ne l'avoir pas fait. Je suis resté fidèle au Roi, à qui j'avais prêté serment de fidélité; je ne me suis pas écarté des limites de la Charte, dont j'avais juré le maintien. Tout ce qui dépendait

de moi, pour la défense des principes conser-
vateurs de l'ordre social, je l'ai tenté, sans cal-
culer mes intérêts, ceux de ma famille, mon
existence même. Je déplore les malheurs qui
ensanglantèrent la fin de juillet... ; j'en laisse les
remords à ceux qui les provoquèrent. Je n'ai
pas fait de phrases, il est vrai, sur la philantro-
pie; mais ceux qui eurent des relations avec moi,
savent si jamais j'ai manqué à la justice, à l'im-
partialité, aux égards que je devais à mes semblables, sans distinction de partis ou de rangs :
mais dans des calamités publiques, j'eus quel-
quefois le bonheur d'exposer mes jours pour
secourir mes concitoyens. Je ne faisais alors que
remplir un devoir de mes fonctions; aujour-
d'hui j'accomplis un devoir non moins sacré, en
protestant contre l'injustice, et en ne cherchant
pas dans un lâche silence l'espoir d'une pitié à
laquelle je me sens assez honnête homme pour
n'avoir aucun droit.

Honoré de la confiance du Roi, admis à ses
communications intimes, il m'appartient aujour-
d'hui de lui rendre hautement un témoignage
dont on ne peut suspecter la véracité : les flat-
teurs ne restent pas fidèles à l'infortune!... Il est
absolument faux que Charles X ait subi d'autre

influence que celle de ses devoirs, auxquels il était profondément dévoué. A plus de vertus, on n'unit jamais autant de tolérance; jamais on ne poussa plus loin l'abnégation de soi-même et l'amour de son pays. Tous ses désirs, tous ses vœux, toute sa préoccupation étaient pour l'ordre, pour la paix publique, le bonheur de ses sujets, l'honneur et la gloire de la France. La Providence accorda tous ces dons à son règne; tous ces dons furent niés et méconnus, aussi bien que les intentions du monarque. Et cependant, combien elles étaient pures! comme elles se révélaient à ceux qui connurent ce prince, aujourd'hui si lâchement outragé!.... Ah! si le peuple le savait!.... si, comme nous, il eût pu l'entendre! si la calomnie n'eût élevé son odieuse barrière entre l'amour du monarque et celui de ses sujets! la France serait encore heureuse et paisible; elle ne frémirait pas sous les convulsions de l'anarchie, au retentissement de la chute précipitée du crédit, des catastrophes commerciales et des cris de la détresse publique..... Le jour n'est pas loin où, lassée d'attendre, au milieu de tant de maux, les biens ineffables qu'ils lui avaient promis, cette France désabusée demandera aux ambitieux auteurs d'une révolution qui leur livra le pouvoir, ce qu'ils ont fait de la gloire d'Alger, ce qu'ils ont fait de la constante prospérité du règne de Charles X !

Jamais, je le déclare, dans le cours de mes fonctions, je n'indiquai au Roi un malheur, une souffrance, qu'il ne s'empressât de prodiguer les secours et les consolations avec autant de bienveillance que de générosité ; et, à cet égard, tels étaient tous les membres de cette famille, qui n'eut d'autre tort que de ne pas laisser publier tout le bien qu'elle ne cessait de répandre. Telle était surtout cette auguste Princesse, qui ne dédaignait pas d'aller elle-même consoler la plus humble indigence, et que du moins aurait dû mettre à l'abri des insultes la triple consécration de la vertu, du courage et du malheur. Telle était la veuve héroïque, tels étaient les jeunes enfans de ce Prince généreux dont, à une autre époque, le sang racheta la France des malheurs d'une révolution alors menaçante. Quels que soient les efforts d'une abjecte perversité, le souvenir de leurs bienfaits ne s'éteindra pas ; il vivra dans les regrets de la reconnaissance et dans les remords de l'ingratitude.

Trois ans se sont écoulés depuis qu'à la même époque je défendais une cause presque abandonnée, une cause que la conformité de principes, qu'une profonde estime et une ancienne amitié avaient rendue la mienne. Pour la première fois, montant à la tribune, j'eus à repousser une injuste accusation et d'odieuses menaces ; je terminai mon opinion par ces paroles : « La révolution a fait tomber la tête de nos pères ; elle n'a pas humilié leur front. » Je retraçais alors des enseignemens que j'avais puisés dans des souvenirs cruels et honorables pour ma famille. Ces souvenirs ne se sont pas effacés de ma mémoire ; ils m'ont appris que nul sacrifice ne doit coûter au devoir et à l'honneur. Si la révolution de 1830 lègue à mes enfans ma ruine et ma proscription, elle me laissera un noble héritage à leur transmettre : le souvenir de la fidélité de leur père à ces principes pour lesquels leur aïeul porta courageusement sa tête sous la hache de 93.

Ma conduite, je le répète, est le résultat de ma conviction ; je l'ai soutenue sans crainte, j'en subirai les conséquences sans faiblesse ; le sentiment d'un devoir accompli s'élève au-dessus de toutes les infortunes.

Je plains ceux qui sont condamnés à me juger ; je n'échangerais pas contre leur position les amertumes d'un éternel exil. Je proteste contre leur arrêt, quel qu'il soit : il ne leur appartient pas plus de m'absoudre que de me condamner. A eux surtout n'appartient ni le droit ni la possibilité de me flétrir, parce que ce n'est pas celui contre qui il est dirigé que flétrit. . .

. . . .

. . . .; parce qu'on peut opprimer, mais qu'on ne flétrit pas celui qui, fidèle aux principes de toute sa vie, n'a jamais méconnu ses devoirs, n'a jamais trahi ses sermens, n'a jamais prostitué ses adulations à toutes les bannières, et sa servilité à toutes les tyrannies.

Vienne, le 21 janvier 1831.

L'ex-ministre du Roi de France,

MONTBEL.

POST-SCRIPTUM.

On m'a accusé d'avoir écrit des circulaires coupables aux préfets des départemens ; on m'a fait un crime d'avoir menacé de destitution des fonctionnaires qui viennent d'être destitués en masse par ceux-là mêmes qui m'accusent. Il n'y a pas de bonne foi à ne produire qu'une phrase isolée d'un écrit dont on fait un motif d'accusation. Je ne renie aucun de mes actes, et je publie ma circulaire en entier :

MINISTÈRE

ᴅ l'intérieur.

Cabinet parti-
culier.

Confidentielle.

Paris, 13 avril 1830.

MONSIEUR LE PRÉFET,

L'ordonnance de prorogation de la session de 1830 laisse au Roi la faculté de convoquer de nouveau la Chambre des députés, ou de la dissoudre au moment qu'il jugera convenable. Dans cette dernière hypothèse, vous devez sentir combien sont importans les soins qui vous sont confiés, les devoirs que vous avez à remplir. Par tous les moyens d'influence qui s'accordent avec l'honneur, avec la probité la plus exacte, vous devez préparer les élections, dont le résultat assure au Roi le concours d'une Chambre nouvelle, pour le bien qu'il veut faire à son peuple. Afin d'atteindre ce but essentiel, rien ne doit être négligé : appelez auprès de vous les hommes influens de votre département ; cherchez les occasions de les réunir ; ralliez-les à une commune pensée, la nécessité urgente d'assurer à l'avenir de notre pays la prospérité dont il jouit actuellement, prospérité immuable, si l'esprit de faction ne vient troubler et compromettre la paix publique, la véritable liberté et les nombreux bienfaits que nous devons à la restauration. Faites sentir aux électeurs tout le bien que la France peut espérer de la modération et de la sagesse des députés, tous les maux dont la menaceraient des choix dictés par les passions et des préjugés aveugles.

Votre influence doit être d'autant plus active, qu'elle aura à combattre et à déjouer les efforts d'une influence hostile qui, usant de tous les moyens de calomnie et de séduction, parvient trop souvent à abuser les électeurs sur leurs véritables intérêts, et en fait ainsi les auxiliaires et les jouets des plus dangereuses intrigues. Parmi vos devoirs, un des plus essentiels, sans doute, envers le Roi, c'est de ne pas abandonner la liberté des élections à l'oppression de semblables manœuvres. Vous devez, avec franchise et loyauté, être le centre de l'opinion royaliste : le préfet honoré de la confiance du Roi, doit hautement appuyer les hommes monarchiques véritablement attachés aux institutions, parce qu'ils y voient des élémens d'ordre et de paix. Il doit au contraire refuser tout appui à ceux qui, dans ces institutions dont ils se proclament les défenseurs exclusifs, cherchent sans cesse des moyens d'exciter le peuple à la défiance contre son Roi, et qui, loin de soutenir le gouvernement de leur pays, ont depuis quinze ans, sous tous les ministres sans exception, blâmé tous ses actes, contrarié tous ses plans, attaqué toutes ses mesures, même celles qu'ils avaient provoquées. Je suis loin de réclamer de vous que vous fassiez prévaloir des choix exclusifs : il ne s'agit pas d'examiner les diverses nuances d'une même opinion. Le Roi veut que la base de l'édifice monarchique soit large, afin que chacun puisse y trouver sa place ; mais deux opinions opposées luttent ensemble : l'une veut à la fois la conservation des prérogatives royales et des libertés publiques : c'est celle que vous devez soutenir ; l'autre, voulant exagérer les libertés publiques en atténuant la prérogative royale, compromet à la fois les droits de la couronne et la prospérité de la France : c'est celle que vous devez combattre.

Le Roi ne veut pas troubler la sécurité des administrateurs, et compromettre ainsi la considération qui leur est nécessaire, en laissant leur existence dans l'incertitude. Il a le droit de compter, et il compte en effet sur le concours de ceux qui occupent actuellement les fonctions qu'il leur a confiées. Que toujours ils remplissent leurs devoirs avec dévouement ; que, dans toute circonstance, ils montrent hautement la fidélité qu'ils ont jurée au Roi, le Roi leur continuera sa confiance, et saura apprécier leur zèle.

J'aime à croire que je n'aurai à transmettre à Sa Majesté que des rapports satisfaisans sur leurs services. Quant aux fonctionnaires des différens ordres, le concours de leur influence ne saurait être acquis qu'au gouvernement : il est la conséquence nécessaire de la position où ils sont placés à son égard, et de la bienveillance que le Roi leur a témoignée. Vous me donnerez sur leur conduite des renseignemens confidentiels : je ne les ferai connaître qu'à leurs ministres respectifs, qui prendront à leur égard les mesures que leur dictera leur prudence.

Le Roi, ainsi que je vous l'ai dit, décidera dans sa sagesse s'il lui convient de dissoudre la Chambre, et, dans ce cas, à quelle époque il doit fixer la réunion des colléges électoraux. En tout état de cause, préparez sans retard tous les élémens de nouvelles élections.

Vous me ferez connaître exactement, et dans le plus bref délai, la statistique de chacun des colléges d'arrondissement et de département; vous m'indiquerez le nombre des électeurs de chaque opinion, ceux qui, flottant entre les partis, se laissent entraîner par l'influence de celui qui a le plus d'activité ou qui leur paraît avoir le plus de force. Recueillez avec soin tous les documens nécessaires, soit pour les nouvelles listes, soit pour le tableau de rectification prescrit par l'article 6 de la loi de 1827. Ne négligez aucun moyen pour rechercher les électeurs royalistes et suppléer à leur négligence. Vous devez justice à tous vos administrés, sans aucune exception; mais vous ne devez pas de soins officieux à ceux qui manifestent des intentions hostiles contre le gouvernement.

Vous m'indiquerez quels sont les candidats qui pourraient réunir le plus de chances. Autant qu'il sera possible, vous appuierez la réélection des députés qui se sont montrés éloignés de toute opposition systématique. Vous examinerez s'il convient, dans les divers colléges, d'indiquer la candidature par la présidence, et dans tous les cas, quels seraient les présidens qui devraient être nommés : consultez l'opinion des électeurs; loin de prétendre leur imposer des choix, nous devons nous attacher à soutenir ceux qu'ils croiront plus dignes de leurs suffrages. Adressez-vous à leur zèle pour le bien public; réclamez leur assistance dans ces opérations importantes; avec leur concours, vous pourrez plus facilement concilier les esprits, et établir dans les rangs royalistes l'ordre et l'ensemble qu'on remarque dans les rangs opposés. Envoyez-moi sans retard vos observations sur l'esprit public de votre département, sur les chances des élections, suivant les différentes époques où elles pourraient être faites.

Dans un tel état de choses, vous sentirez, monsieur le préfet, que le devoir des administrateurs est de ne pas s'écarter du poste qui leur est confié. En conséquence, il ne sera plus accordé de congé, et vous rappellerez MM. les sous-préfets qui sont actuellement éloignés de leur service.

J'attends une prompte réponse à cette lettre.

Agréez, monsieur le préfet, l'assurance de ma considération très-distinguée.

Le ministre secrétaire d'Etat de l'intérieur,

MONTBEL.

Librairie de C. A. Denfu.

LA GARDE ROYALE

PENDANT LES ÉVÈNEMENS

DU 26 JUILLET AU 5 AOUT 1830.

PAR UN OFFICIER EMPLOYÉ A L'ÉTAT-MAJOR.

RELATION FIDÈLE

DU VOYAGE DU ROI CHARLES X,

depuis son départ de Saint-Cloud

JUSQU'A SON EMBARQUEMENT.

PAR UN GARDE-DU-CORPS.

QUELQUES - UNES DES CAUSES PRINCIPALES

QUI ONT AMENÉ

LA RÉVOLUTION DE 1830.

PAR UN ANCIEN MEMBRE DE LA CHAMBRE DES DÉPUTÉS.

APPEL A L'OPINION PUBLIQUE,

SUR LA MORT

DE LOUIS - HENRI - JOSEPH DE BOURBON,

PRINCE DE CONDÉ.

POSSIBILITÉ

DE COLONISER ALGER.

PAR J. ODOLANT-DESNOS,

Ex-payeur-adjoint de l'armée d'Afrique, secrétaire de la Société d'économie de Paris, chargé de recueillir des observations sur l'agriculture des environs d'Alger.